EL DUENDE VERDE

ANAYA

© Del texto: Paco Climent, 1994
© De las ilustraciones: Ángel Esteban, 1994
© De esta edición: Grupo Anaya, S. A., 1994
Juan Ignacio Luca de Tena, 15. 28027 Madrid

1.ª edición, octubre, 1994

Diseño: Taller Universo

ISBN: 84-207-6279-2
Depósito legal: M. 29.979/1994

Impreso en GRAFUR
Ctra. de Paracuellos de Jarama a Belvis, km 0,3
Polígono Industrial Igarsa
28860 Paracuellos de Jarama (Madrid)
Impreso en España - Printed in Spain

EL DUENDE VERDE

Paco Climent

LAS
DESVENTURAS
DE JUANA
CALAMIDAD

Ilustración: Ángel Esteban

QUERIDO LECTOR

Hace tiempo que me apetecía contar las aventuras de un grupo de chicos y chicas de tu edad que disfrutaran en sus correrías de una libertad que desgraciadamente no se encuentra hoy en las grandes ciudades.

Así nació en mi mente de fabricante de historias, el personaje y el mundo de Juana «Calamidad».

Un mundo situado en una aldea de un país siempre verde y con unos paisajes maravillosos llamado Galicia (España). Un país al borde del océano donde los romanos situaron nada más y nada menos que el «Finisterrae», el fin del mundo en aquellos tiempos.

En pleno contacto con la Naturaleza, Juana ha crecido ágil, despierta y llena de curiosidad por el mundo que la rodea.

Este meterse en los lugares más insospechados y peligrosos hace que Chus, su madre y a la vez maestra de Montefaro, haya inventado para su hija el apodo de «Calamidad», porque bien podrás imaginarte que sus aventuras terminan siempre en algún pequeño desastre.

Hace muchos años existió otra mujer también llamada Juana Calamidad (Calamity Jane). Fue una peligrosa bandolera del Oeste americano, pero que en nada se puede comparar (a pesar de sus trastadas) con nuestra buena y querida Juana.

Ya sólo me queda invitarte a la lectura de este libro; y desearte que disfrutes tanto como yo con las aventuras de esta nueva amiga que, de ahora en adelante si te párece, vamos a llamar Juana «Calamidad».

Paco

A mis amigas
Chus Gabeiras
y Juana y Cristina Bengoa

1

JUANA CALAMIDAD

TE voy a presentar a Juana Calamidad.

Juana es una chica de tu edad, alegre, amiga de todos, a la que, como te pasa a ti, no siempre le salen bien las cosas; pero, bueno, vuelve a intentarlo y antes o después llega a conseguir lo que quiere.

¿Que cómo es Juana Calamidad?

Pues es una chica normal, ni alta ni baja, ni gorda ni flaca, ni guapa ni fea. Si algún día te cruzaras con ella, lo que más te llamaría la atención sería el color y el corte de su pelo: rojizo, muy corto, en punta; porque tiene el cabello tan duro y espeso que solamente puede dejarlo que crezca a su aire, hacia arriba. ¡Ah! También llamaría tu atención el aro que cuelga de su oreja izquierda y que le da un cierto aire de pequeño pirata.

Juana es una chica siempre en movimiento, que rebosa alegría, que parece no dejar sitio para la tristeza ni el malhumor. Pero todo el mundo tiene sus problemas, y Juana no iba a ser diferente. ¿Quieres saber lo que amarga la vida a tu nueva amiga?

Pues sencillamente, que su madre es su maestra y que su maestra es su madre. Repito para que te des cuenta de lo grave del asunto: que su madre es su maestra y que su maestra es su madre.

Así que si se enfadan en casa por cualquier cosa, como puede ser que Juana no se ha puesto las zapatillas y ha llenado el suelo con el barro de sus botas, la riña puede tranquilamente continuar hasta la mañana siguiente camino de la escuela.

¿Que en clase Juana no se ha sabido la lección? Pues caras largas en casa y doble ración de deberes para que no se repita.

Así dicho parece que la vida de Juana sea un infierno sin fin, pero la verdad es que no es para tanto.

Chus, su madre, es una gran persona, muy preocupada por la buena educación de su hija. Además, como Juana no tiene herma-

nos, está siempre atenta para que su hija no acabe siendo una niña mimada y caprichosa.

Pero no es precisamente fácil educar a Juana.

Como la buena mujer cuenta a quien quiera escucharle:

—¡No sé a quién ha salido esta chica! ¡Es un verdadero diablo! ¡Cómo no voy a llamarla «calamidad» si no para de inventarse maldades! ¡Si estuviera aquí su padre…!

¡Ah, su padre!

Tienes que saber que el padre de Juana es marino mercante y casi siempre está lejos llevando cargamentos de todo tipo de un puerto perdido a otro todavía más lejano.

Juana adora a su padre y, como le ve menos, piensa que es más bueno, cariñoso, más espléndido y menos gruñón que su madre.

Naturalmente eso no es cierto; pero no se puede olvidar que al estar juntas todo el día, en casa y en el colegio, es más fácil que madre e hija encuentren más motivos para discutir y reñir.

Para Juana, su padre es una especie de Indiana Jones, de carne y hueso, que puede

con el mar, con los piratas y con los tiburones asesinos.

Por lo menos eso piensa nuestra amiga cuando todas las noches da un beso a la foto de su padre, un verdadero lobo de mar con su barba rojiza y su pipa (siempre apagada porque el tabaco le sienta mal) apretada entre los dientes. Juana piensa con orgullo que, menos en la barba y la pipa, es el vivo retrato de su padre.

Al lado de esa fotografía, Juana guarda un cuaderno, que en su momento debió ser limpio y elegante, donde anota las cosas, buenas y malas, que quiere contar a su padre cuando vuelva de sus viajes por el mar.

«Papá, ¿sabes qué castigo me puso mamá el otro día por jugar con un poco de petróleo...? Total por unos vasitos de nada. Verás, estábamos en clase de geometría y...»

2

LA MAREA NEGRA

PETRÓLEO! ¡Petróleo!

A través de las entreabiertas ventanas de la escuela, la noticia llegó claramente a los oídos de Chus, la maestra. Pero le pareció tan extraña que mentalmente la desechó y siguió con sus explicaciones.

—La diferencia entre pirámide y cono…

—¡Petróleo! ¡Hay petróleo en la playa!

Profesora y alumos se quedaron en silencio ante la confirmación de la noticia. ¡Petróleo en Montefaro! Parecía increíble…

La primera en reaccionar fue, cómo no, nuestra querida Juana, que rápidamente se levantó del pupitre y marchó directa hacia la puerta.

—Tenías que ser tú, Juana… ¡Eres un caso, hija! Anda, vuelve a sentarte, «calamidad»…

—Pero, madre, es que hay petróleo…

—Ni petróleo, ni narices. ¡Estamos en clase de geometría y, hasta que no se acabe, nadie se mueve de aquí!

Chus pensó que siempre se pasaba de dura con su hija, sobre todo durante la convivencia en la escuela. Pero no le quedaba más remedio. Lo último que haría es mostrar favoritismo hacia su hija a costa del resto de los alumnos. Prefería pasarse de severa con ella.

—Como iba diciendo, la diferencia entre la pirámide y el cono…

Juana se había sentado otra vez, con rabia. No le había molestado que su madre le hubiera gritado. Sabía que en la escuela siempre le tocaría el peor papel. Lo que le fastidiaba era quedarse con las ganas de saber más acerca de aquella mágica palabra.

¡Petróleo! Por la mente de Juana pasaban fantásticas imágenes relacionadas con el «oro negro». Jeques árabes en camellos lujosamente ataviados, paseando ante torretas metálicas y largas chimeneas que dejaban escapar espesas llamaradas. Por eso, cuando la clase terminó, Juana fue de las primeras en salir. Atropelladamente todos, grandullones y chicos, bajaron corriendo hacia la playa. Cruzaron el pueblo, desierto, si no fuera por un par de ancianas enlutadas que hacían labores a las puertas de sus casas.

Dejaron atrás el *cruceiro*[1] que marcaba el límite del pueblo. Por unas escalerillas excavadas en la roca llegaron a la playa.

Todas las gentes del pueblo estaban allá. Desde el alcalde hasta la señora Peregrina, la de la tienda; todos asombrados de ver cómo las siempre transparentes aguas de la ría estaban cubiertas de una espesa capa negruzca.

—¡Es el fin del mundo! —gritó la señora Peregrina al borde la histeria. Otras mujeres la coreaban.

—Ha debido encallar algún petrolero y se le está saliendo la carga.

Juana Calamidad conversaba con un compañero de clase; pero coincidió con un silencio general y sus palabras llegaron a todos los oídos.

---

[1] Cruz de piedra que se encuentra a la entrada de muchos pueblos de Galicia.

El alcalde se vio en la obligación de ocupar el centro de atención.

—¡Pues entonces hay que llamar a la Xunta[2]! ¡Hay que avisar a la Marina! ¡Que vengan los de Protección Civil!

Y todo el pueblo marchó tras las primera autoridad.

---

[2] Gobierno Autónomo de Galicia.

3

AL RICO NEGOCIO

LA playa quedó vacía de mayores. Sólo Juana Calamidad y sus compañeros de clase continuaron frente al mar contaminado de aceite y petróleo.

—Me parece que este verano nos quedamos sin baño…

—¡Qué dices, Juana! Existen eficacísimos medios ultramodernos para disolver tan apestosa resaca.

—¡Ah! Vaya…

Como casi siempre, Juana no entendió lo que dijo Tiberio, el indiscutible empollón de la clase. Tiberio, según Juana, «hablaba como los demás escribimos»; es decir, buscando palabras complicadas y que sonaban a cultas.

—Pues antes de que quiten el petróleo podríamos aprovecharlo nosotros…

Había hablado Ferreira, el hijo de Ferreira, el farmacéutico y practicante del pueblo y gran autoridad científica de la comarca.

—¿Y para qué queremos nosotros el petróleo?

—Escuchad —habló Ferreira—. Sabéis que el petróleo es de las cosas más caras que hay y que incluso se hacen guerras para apoderarse de los pozos y yacimientos. Pues bien, como el petróleo flota en el agua es fácil recogerlo con cubos... Si todos nos ponemos a la tarea podemos llenar muchos barriles de petróleo que luego podemos vender y con lo que ganemos nos vamos de excursión a Portugal, que hace tiempo que queremos visitar y nunca tenemos dinero para hacerlo.

El plan de Ferreira era a la vez sencillo y fantástico. Y hemos de señalar que impresionó a sus compañeros, que meditaron silenciosos un rato.

—Buena idea, sí señor...

—¡Magnífica, diría yo! —añadió Tiberio.

—Pues entonces, ¡manos a la obra! —dijo Juana Calamidad.

Un instante después, chicos y chicas marcharon cada uno a su casa en busca de recipientes. Unos trajeron cubitos de playa, otros tambores de jabón en polvo y hubo hasta quien apareció con palas de las que empleaban sus padres para trabajar en el campo.

Al poco rato Juana había organizado la cadena de trabajo. Los mayores, faldas y pantalones arremangados y con los pies metidos en el agua, llenaban los cubos de viscoso líquido. Una vez llenos, los pasaban a los de atrás, que les daban uno vacío. Por último, los más pequeños, fuera del agua, vaciaban los cubos en unas grandes latas que habían encontrado en el basurero.

Al cuarto de hora de semejante ocupación todos estaban negros. Los de primera línea porque chapoteaban en el líquido y, aunque el mar estaba calmo, alguna pequeña ola les cogía desprevenidos. Los que recibían los cubos repletos de «oro negro» porque manejaban los recipientes a gran velocidad, con lo que inevitablemente se ponían de grasa hasta el cogote. Por último, los pequeños que

iban corriendo con los cubos hasta los depósitos finales, entre temblores y algún que otro resbalón, terminaban por rebozarse a conciencia.

Los chavales lo estaban pasando bomba. Hasta que acertó a pasar por allí la señora Peregrina, la de la tienda, en busca de un saco de patatas.

Los gritos pusieron a todo Montefaro en pie de guerra. Juana y sus amigos, que no pensaban que estuviesen haciendo algo malo, no hicieron nada por huir. Pronto se vieron rodeados por padres y abuelos enfurecidos que, zapatilla en ristre, encaminaron a cada esforzado buscador de «oro negro» hacia su respectiva casa.

Cuentan las crónicas de Montefaro que aquel día se acabó el agua del depósito municipal y que, para que hubiera agua para la noche, hubo que hacer trabajar las bombas extractoras del pozo.

Y, naturalmente, para Juana Calamidad y sus amigos allí terminó el negocio del «oro negro».

Juana escribió esa noche en su cuaderno:

«Lo siento, papá. Con el dinero del petróleo había pensado en comprarte una gorra nueva. ¡Estarías tan guapo…!»

4

UNA GRUTA CON MISTERIO

LA aventura del petróleo acabó para la chiquillería de Montefaro con un rapapolvo colectivo. Durante varios días los pantalones y faldas de nuestros amigos ondearon al viento en un intento por parte de las madres de que perdieran aquel penetrante olor a gasolina. Poco faltó para que los indignados padres colgaran también a sus niños.

A los pocos días la marea negra fue desapareciendo. En la línea del horizonte se dibujaban barcos de diverso tonelaje que según Matías, el hijo de Ferreira el farmacéutico, arrojaban grandes cantidades de detergentes que disolvían la grasa.

—Adiós, oro negro —suspiró Juana a la salida de la escuela, echando una mirada al mar que se adivinaba tras las casas del pueblo.

—No te quejes, materialista. Por lo menos tenemos los baños del verano asegurados —era Ferreira, que acomodó su paso al de Juana—. Por cierto, ¿hoy no te vas con tu madre?

—No. Tiene que hacer cosas en el instituto de la capital.

La madre de Juana a veces tenía que acudir a las reuniones del profesorado del distrito.

—Pues entonces, vente conmigo. He quedado con Barbarita, que ha descubierto algo muy importante y no ha querido decírmelo en clase para que rabiara...

Barbarita era la hija de la farera del pueblo. Y se le había contagiado un poco del misterio que provocan esas solitarias construcciones.

El de Montefaro era casi tan antiguo como el faro de la torre de Hércules y, además de salvar muchas vidas, había servido para darle nombre al pueblo.

—Vamos, rubia, suelta el rollo de una vez —Ferreira no se andaba con rodeos al hablar con Barbarita. Se hacía el duro con ella porque era su forma de defenderse del nerviosismo que le producían la belleza e inteligencia de la chica. Para mí (y que no salga de nosotros) Matías Ferreira estaba coladito por Bárbara. Ya sabes, cosas que pasan cuando juntas a los chicos con las chicas.

Barbarita no se dignó contestar a Ferreira. Miró a Juana y simplemente murmuró:

—Seguidme.

Los tres descendieron hacia el puerto. Rehuyeron el centro del pueblo, para no encontrarse con el siempre pesado Tiberio, pasaron bajo un par de gigantescos hórreos donde se guardaba el maíz y salieron al gran promontorio rocoso que protegía a Montefaro de los vientos del norte.

—Ahora, id con cuidado —aconsejó Barbarita.

Y los tres amigos descendieron por la escarpada pendiente que daba sobre el mar. Tras unos minutos de descenso Barbarita sacó una linterna del bolsillo, que entregó a Juana, y apartando un matojo de plantas dejó libre un agujero de aproximadamente un metro de diámetro.

Juana, con un cierto recelo, enfocó la linterna a la oscuridad del nicho y lentamente introdujo la cabeza.

—¡Jopé, una gruta submarina!

5

¿QUIÉNES SON LOS GROVIOS?

CON la linterna de Barbarita en la mano, Juana exploró la negrura de la caverna. Al poco rato, al acostumbrarse a la penumbra, se dio cuenta de que la oscuridad no era total. Allá abajo, al nivel del mar un hueco dejaba entrar agua y luz.

—¡Es fantástico! ¡Esta cueva se comunica con el mar!

—Sí —confirmó Barbarita—, cuando recogía petróleo vi que éste desaparecía bajo la roca y descubrí la gruta. Hay una especie de escalones que conducen hacia abajo.

—Bajemos entonces —afirmó Ferreira. En su papel de único chico de la expedición, le quitó a Juana la linterna con una cierta brusquedad.

Y los tres compañeros iniciaron el descenso. Primero iba Matías iluminando con la linterna. Le seguía Juana y cerraba la marcha la siempre silenciosa Barbarita.

Lo de los escalones era verdad y muy pronto nuestros amigos se encontraron al nivel del agua. La marea estaba bajando y la resaca producía un ruido sordo en la caverna.

A la verdosa luz que entraba por el agujero que daba al mar, Juana y sus compañeros pudieron escudriñar la cueva. No era muy grande, unos cinco metros de largo por otros tantos de ancho. A la derecha de los exploradores se encontraba un altillo de roca.

—¡Mirad! ¡Allí parece que hay algo!

Y los tres, con cuidado de no caer al agua, se acercaron al banco de piedra. La luz era suficiente como para distinguir una serie de objetos de madera amontonados sin ningún orden.

—Parece que son los restos de un naufragio...

—No, éstos tienen forma de escudos...

—Y aquí hay una especie de espadas de madera...

Matías paseó el haz de luz por aquel mon-

tón de objetos. De pronto, le pareció ver unas letras torpemente grabadas en un listón.

—Aquí hay algo escrito: «Los grovios»…

—«Los grovios», ¿qué será eso?

Y como ninguno de los tres sabía el significado de aquella palabra y además estaba oscureciendo, decidieron salir de la cueva y regresar a sus casas.

—Hay que enterarse de qué es eso de «los grovios».

Fue la consigna de despedida. Juana, nada más llegar a su casa, se rodeó de enciclopedias y se puso a investigar.

—¡Al fin! Aquí está. «Grovios: tribus celtas que poblaron el sur de Galicia antes de la llegada de los romanos.»

En ese momento Chus, su madre, regresaba de la reunión en el instituto.

—¿Qué haces tan atareada, Juana?

—Mamá, hemos hecho el descubrimiento del siglo.

6

¡NOSOTROS SOMOS LOS GROVIOS!

CHUS miró fijamente a su hija. Temía alguna «calamidad» por parte de la niña.

—A ver, Juana; háblame de ese descubrimiento…

—Pues verás, mamá. Barbarita y Ferreira
han descubierto una cueva junto al mar, en la
roca de Puntaferro. Dentro había restos de
cosas antiguas, de los grovios, que, según es-
tos libros, eran unas tribus celtas que vivieron
en Galicia antes de la llegada de los romanos.

—Sí. Ya sé quiénes son los grovios. Pero,
¿cómo sabes que esos restos pertenecen a
nuestros antepasados?

—Muy sencillo. Porque en varias maderas
redondas ponía «Los grovios».

Chus se echó a reír ante la explicación de
Juana.

—Pero, hija, ¿no comprendes que si fue-

ran de los auténticos grovios no estaría escrito en letras latinas? Mira, en Puntaferro se reúne mucha gente los domingos. Quizá os hayan gastado una broma.

Juana estaba demasiado emocionada con el descubrimiento de la gruta y los restos allí entrevistos como para admitir los razonamientos de su madre.

Por eso, al día siguiente al terminar las clases comentó a Matías Ferreira las dudas de Chus. Ferreira le propuso volver a Puntaferro y explorar mejor la caverna. Primero pasarían por su casa y recogerían su linterna favorita, un aparato ultramoderno con diez usos a cual más espectacular.

Los dos amigos dieron un rodeo al pueblo para evitar encuentros inoportunos y a buen paso se dirigieron hacia el gran promontorio rocoso que cerraba la bahía de Montefaro por el norte.

Sin dudar un momento Ferreira encontró la boca de la cueva. Al conectar la luz de su preciada linterna le pareció oír ruido al fondo, pero pensó que se debía al agua que se filtraba en la cueva desde el mar.

Al descender hacia la mesa de piedra donde el día anterior descubrieron los objetos de madera, Juana y Ferreira se llevaron uno de los mayores sustos de su vida. Unas borrosas sombras humanas les cerraban el paso.

A la verdosa luz que se filtraba bajo las aguas los dos amigos pudieron observar los cascos, escudos y espadas que portaban aquellos individuos.

—¿Quiénes son ustedes? —balbuceó Juana.

—¡Nosotros somos los grovios!

7

EL PRIMO VALENTÍN

JUANA y Ferreira, para qué mentir, estaban asustados. Cuando se metieron en la cueva marina lo que menos esperaban encontrar era que estuviese habitada. Y menos todavía por auténticos grovios, que, como ya te he contado, eran las antiguas tribus celtas que poblaron el sur de Galicia.

Los grovios les rodearon. Tenían un aspecto amenazador con aquellos cascos que les ocultaban parte del rostro y aquellas espadas fuertemente empuñadas. Pero Juana y Ferreira no eran tontos. O aquellos grovios eran todos unos bajitos o eran chicos de su misma edad.

Acostumbrada ya a la semioscuridad reinante, Juana intentó encontrar algún rasgo familiar en los estrambóticos personajes. Aquel rostro plagado de pecas rojas…

—¡Pero si tú eres mi primo Valentín, el de los Feijóo!

—¡Y tú eres Juana, la hija de la maestra…!

Y el grovio Valentín se quitó el casco y se acercó a su prima.

—Bueno ¿y qué hacéis en nuestra caverna?

—¿Cómo que vuestra caverna? —intervino Ferreira—. Esta caverna pertenece a nuestro pueblo, a Montefaro.

—Narices —metió baza otro grovio—, este lugar siempre ha sido de los de Padornelo.

Valentín, con eso de que era primo de Juana, se sintió mediador.

—Bueno, eso es lo de menos. Lo importante es que han descubierto nuestra guarida y por tanto los hemos de matar…

—¡Matar! —saltó Ferreira—. Tú estás «chalao»…

—Déjame terminar. He dicho matarlos o incorporarlos a la banda para que se comprometan a guardar el secreto.

Los cuatro grovios se retiraron a una esquina y conferenciaron durante unos minutos. Al final, Valentín abandonó el grupo y dirigiéndose a nuestros dos amigos les dijo:

—De acuerdo. Os vamos a dar la oportunidad de ingresar en la banda de los grovios. Pero primero tenéis que demostrar vuestro valor superando una difícil prueba.

8

EXPEDICIÓN NOCTURNA

METIDA en su cama, Juana tenía concentrada toda la atención en sus oídos. Hacía unos minutos que su madre se había acostado y en la casa reinaba un completo silencio.

Juana se levantó y, muy lentamente, se acercó a la puerta de la habitación de Chus. Aplicando el oído a la cerradura escuchó durante unos instantes.

—Parece que ya duerme...

Entonces volvió a su cuarto y se vistió. Con el mayor sigilo abrió la ventana y saltó al exterior. Hacía una noche perfumada y una redonda luna primaveral iluminaba perfectamente el campo.

—Ahora, a buscar a Ferreira.

Juana bordeó el pueblo al amparo de los primeros maizales y se dirigió al cruceiro de

piedra. Allí sentado, al pie de la cruz, estaba Matías Ferreira.

—Vamos.

Los dos amigos iban pensando lo mismo. Entrar en la banda de los grovios estaba resultando más difícil de lo que creían. La prueba que les exigían Feijóo y sus compañeros era, según éstos, un acto de justicia a lo «Robin Hood»: quitar cosas a los ricos para dárselas a los pobres. Que para Juana y Ferreira se concretaba en «sustraerle» a la señora Peregrina, la de la tienda, todo un menú completo para que lo disfrutara un viejo vagabundo del vecino pueblo de Padornelo en el día de su cumpleaños.

—Ahí está la tienda, Juana.

—¡Uf! ¡Ahora empieza lo difícil!

Rodearon la casa para entrar por la parte de atrás, que, aunque vallada, no ofrecía dificultades de escalada. Pero cuando los aspirantes a grovios se asomaron al patio interior…

—¡Matías, el perro!

—No temas, estaba previsto.

Y Ferreira sacó un apetitoso hueso del bolsillo y, con él por delante, se acercó al chucho. Éste, medio adormilado, atendió más al olor de la comida que a los visitantes, a los que, por otra parte, conocía de verlos en la tienda.

—Ahora el pestillo...

Juana, que era bastante mañosa, introdujo un palito por entre la desvencijada puerta del almacén y no tardó en dejar la entrada libre. A la luz de la linterna de Ferreira se ofreció a los ojos de los dos amigos una verdadera ciudad de latas.

Entre los dos, y con rapidez, hicieron la selección: aceitunas y mejillones de aperitivos; bonito, sardinas y jamón york como platos fuertes y melocotón y piña en almíbar de postre. Se repartieron la carga, cerraron el portón y aún tuvieron el detalle de agradecer con unas caricias la colaboración del perro.

Una vez en el campo, enterraron las latas, como si fueran un preciado tesoro, bajo un plateado abeto, y se despidieron.

—Mañana, después de clase, llevaremos todo esto a la gruta.

Juana regresó a su casa. Su madre dormía. La expedición nocturna había resultado un éxito completo.

9

CEREMONIA SECRETA

LAS lecciones de aquella mañana resultaron para Juana y Matías un verdadero tormento. El poco dormir y la satisfacción de haber realizado con éxito el mandato de los grovios les mantenían sobre ascuas. Así que no bien sonó la campana señalando el final de la jornada escolar, corrieron en dirección al abeto gigante.

—Aquí está, Juana. Nadie lo ha tocado.

Y mientras así hablaba, Matías desenterró el botín de la noche pasada. Sin darse un momento de reposo, tan contentos estaban, los dos amigos iniciaron el camino que llevaba al mar.

Para no pasar por el pueblo dieron un rodeo por entre los campos de maíz, que estaban tan altos que los tapaban por completo.

—Ya se oye el mar, Matías.

Así era. Las aguas golpeaban con alguna violencia la base rocosa donde los grovios tenían su guarida secreta. Cuando entraron en la espaciosa cámara subterránea una antorcha colocada en un hueco del muro iluminaba perfectamente la escena. A diferencia del día anterior los grovios no se ocultaban en la oscuridad.

—¿Y bien? —preguntó Valentín, el primo de Juana.

—¡Misión cumplida! —fue la orgullosa contestación de la chica.

Y Matías presentó ante los ojos pasmados de los grovios el resultado de su expedición nocturna. Los chicos de Padornelo examinaron los diversos comestibles y murmuraron frases de aprobación. Después, a una señal de Valentín, se congregaron en un rincón para deliberar. Juana y Matías cruzaron una mirada de inquietud. Por fin el grupo se deshizo y avanzó hacia ellos.

Valentín tomó la palabra.

—Bien, primita, bien. Tú y tu amigo os habéis portado. Gente valiente como vosotros será de gran utilidad para la banda de los gro-

vios. Así que vamos a tomaros el juramento secreto… ¡De rodillas!

Sin saber muy bien si tomarlo en serio o en broma, Juana y Matías cayeron de rodillas. Dos grovios se quitaron los extraños cascos y los colocaron en las cabezas de los nuevos miembros.

Todos los grovios recitaron a la vez:

—¿Juráis por vuestro honor no revelar a nadie el lugar de la gruta secreta, el nombre de los demás grovios ni los planes de la banda?

—¡Juramos!

—¿Juráis aceptar los planes que se inventen por mayoría?

—¡Sí juramos!

—Bueno, pues yo os acepto como grovios.

Y diciendo esto, Valentín golpeó con su espada de madera los hombros y cabeza de su prima y luego hizo lo mismo con Matías.

A continuación, repitió los mismos gestos el resto de los presentes. Mientras recibía los golpetazos de las armas de madera, Juana recordaba las películas de guerreros y princesas: siempre terminaban con la escena del joven héroe armado caballero de la Tabla Redonda.

—¡Vivan los nuevos grovios!

Juana y Matías sonrieron. Seguramente lo iban a pasar bien con aquellas amistades. Toda la alegría que sentía Juana quedó reflejada esa noche en el cuaderno de su padre:

«¡Papá! Desde hoy tienes una hija grovia. No te asustes, no es nada malo; ya te lo explicaré. Me voy a dormir. Un beso muy fuerte.»

10

¿Y Barbarita qué?

PERO esa noche Juana no podía dormirse.

Probó a contar ovejitas, pero nada, el sueño no llegaba. Habían sido demasiadas las emociones vividas a lo largo del día y el resultado era una excitación que la mantenía con los ojos de par en par.

Quizá por ello, por repasar una y mil veces una jornada tan especial se le vino a la mente la gran pregunta:

—¡Corcho, Barbarita! ¿Cómo es posible que nos olvidáramos de ella? ¡Tiene que ser tan grovia como Matías y yo!

Y con el pensamiento tranquilizador de reparar tal injusticia al día siguiente le entró sueño y se durmió.

Antes de tomarse las tostadas con leche ya le había pedido a Chus el teléfono de su primo.

—¡Valentín: soy Juana, tu prima!

—Qué quieres a estas horas…

—Que esta noche he pensado que nos falta hacer grovia a una amiga nuestra, a la que
descubrió la cueva…

—¿A una chica, dices? Imposible.

—¡Pero, bueno! Yo soy chica y me habéis
hecho grovia.

—¡Tontita! ¡Has podido entrar en la banda
porque eres mi prima! Ya hablamos ayer todos los compañeros y nos juramos que ni una
niña más…

—Pero ¿por qué?

—Pues, porque no sabéis jugar a las lu-
chas, y os ponéis enseguida a llorar; y además
siempre estáis hablando y no podéis guardar
un secreto.

—¡Pero Valentín!

—No hay más que hablar. Fue un arreglo por mayoría. Y ahora me voy, porque llego tarde a clase. Adiós.

—¡Espera, Valentín!

Pero el teléfono indicaba con su no-no-no-no-no-no... que el primo de los Feijóo había colgado.

Juana se quedó más pensativa que enfadada. Por eso, entre sorbo y sorbo de leche, le preguntó a su madre.

—Mamá, ¿cómo se llama cuando los chicos hacen cosas y no se las dejan hacer a las chicas?

Te habrás dado cuenta de que la pregunta de nuestra amiga no era precisamente muy clara, pero Chus (como buena maestra) estaba acostumbrada a descubrir los ocultos pensamientos de sus alumnos tras confusas cuestiones como la que exponía su hija.

—¿Te refieres al machismo?

—Sí, a eso, al machismo. Valentín y sus amigos no nos dejan jugar con ellos a Barbarita y a mí porque somos niñas.

—En efecto, hija, lo que me cuentas puede ser un caso de machismo. Ya hablaremos, se nos está haciendo tarde…

Madre e hija se dieron la mano y marcharon a la escuela.

En el recreo Juana puso al corriente a Barbarita de todo lo que había pasado en la cueva descubierta por ella, así como la negativa de la banda a admitirla por ser chica.

Juana vio que su amiga se ponía seria mientras murmuraba.

—Eso no está bien…

—Claro que no, Barbarita, hay que hacer algo, darles una buena lección a esos bobos… ¡machistas!

La rubita se quedó callada unos instantes. Luego soltó las siguientes maldades sin cambiar un solo gesto de su rostro de princesa de cuento de hadas.

—Pensándolo bien, si no hay cueva, no hay grovios. ¿No te parece, Juana?

—Quieres decir que si tapamos la entrada de la gruta…

—Se quedan sin escondrijo para sus reuniones y colorín, colorado el cuento de los grovios se ha acabado.

Juana miró a su amiga con la boca abierta. Una vez más tuvo que reconocer en aquella cabeza angelical un cerebro digno de un «malvado» extraterrestre.

Las dos chicas dudaron en contárselo a Matías Ferreira. ¿Podrían más sus buenos sentimientos o por ser chico se sentiría obligado a apoyar el machismo de los grovios de Padornelo?

Por cierto, tú que estás leyendo este cuento, ¿qué hubieras hecho, eh?

Bueno, mientras lo piensas, yo te voy a contar lo que hizo Juana.

—Hablaremos con Matías; confío en él.

El chico del farmacéutico no les defraudó. Se apuntó enseguida al bando de las chicas y se declaró dispuesto a participar en la expedición de castigo.

El «comando» quedó en reunirse en el cruceiro de piedra, en la entrada del pueblo, una vez que dejaran las mochilas en sus casas y hubieran reparado las fuerzas con una buena merienda.

De esa forma despistarían al pelma de Tiberio, que, desde el otro lado del patio, les observaba con esa expresión que vulgarmente se conoce como de «cara de oreja».

¿Te digo una cosa? Me preocupa este Tiberio; no acaba de hacerse con amigos...

11

SE ACABARON LOS GROVIOS

CREO que nuestros protagonistas debieron de alimentarse bien, porque el trabajo de cegar la cueva no pareció que a primera vista les asustase. Se sentían fuertes y llenos de noble indignación por el comportamiento de Valentín y sus paisanos.

Matías tuvo el detalle de sacar de la gruta las espadas y escudos de madera de los grovios.

—Es que les debió costar mucho hacerlas tan bien —explicó a las chicas—. Sería una pena que no volvieran a poder jugar con ellas...

Juana se acordó de que también estaba en la cueva el botín que habían «adquirido» en la tienda de la señora Peregrina.

—Ya veremos qué hacemos con todo esto —se dijo mientras colocaba las latas sobre un

tronco tumbado por uno de esos temporales que cuando soplan convierten la costa de Montefaro en una antesala del fin del mundo...

Al estar la boca de la cueva al final de una pendiente, fue fácil para los tres amigos el empujar piedras y ramas sueltas, hacerlas rodar por el camino inclinado y lograr con poco esfuerzo taponar la entrada a la cámara secreta de los grovios.

—Se acabó —dijo Juana limpiándose las manos—. Que se dediquen a jugar a otra cosa.

—A las muñecas, por ejemplo —remachó Matías entre las risas de todos.

Cargaron con las latas y ya se preparaban para marcharse, cuando Barbarita, muy seria, les detuvo:

—Un momento. Falta por hacer una cosa que pasa siempre en las películas de vikingos. A ver... sí, ésta es la espada del jefe.

Y sin ni siquiera buscar la aprobación de sus amigos, rompió la espada de un golpe seco, de un pisotón.

—Así queda claro que hemos ganado los buenos. Vámonos.

Juana y Matías tardaron en seguir a Barba-rita. Aquella niña delicada y principesca siem-pre les sorprendía.

—¡Qué bárbara!

—¡Pero con minúscula!

—¡Qué mala uva! —exclamó Juana.

—¡Menos mal que somos de su panda! —respiró aliviado Matías.

Y los tres regresaron al pueblo, dando la espalda a un mar que por momentos parecía convertirse en un gigantesco plato de natillas.

El sol, con pinta de galleta maría, estaba a punto de naufragar sobre tan apetitoso postre.

12

UNA VERDADERA CALAMIDAD

CUANDO llegaron al pueblo, vieron que estaba encendida la tienda de la señora Peregrina:

—Matías —dijo Juana—, como ya no somos grovios deberíamos entregar las latas a su dueña...

—Sí, pero, con el genio que tiene, cualquiera se lo dice. Además, ¿no iban a ser para el vagabundo de Padornelo?

—Ya le ayudaremos de otra manera; ahora devolvamos todo esto.

Y Juana, muy decidida, empujó la puerta de la tienda, sin duda la más antigua del pueblo. Todavía conservaba pinturas en la fachada, aunque medio destruidas por la acción de la lluvia. Encima de ellas aún se podían leer los antiguos anuncios de «PRODUCTOS ULTRAMARINOS Y COLONIALES», de cuando llegaban las mercancías procedentes de Cuba y Filipinas.

El interior, a esas horas de la caída de la tarde, tenía un aspecto algo misterioso, con tantas cajas, latas y botellas diferentes, apiladas por todos los rincones, algunos de ellos, por cierto, muy oscuros.

—¡Qué quieres, niña! —ladró más que habló la señora Peregrina.

—Estas latas estaban ahí fuera, tiradas, deben ser suyas…

—¡Diantre! Eso ha sido el inútil de Cucho, que se habrá metido en el almacén. Déjalas ahí encima, que se va a enterar ese condenado *palleiro*[1] lo que duele desobedecer mis órdenes.

---

[1] Perro callejero.

La señora Peregrina decía estas cosas con una voz y una cara que daban verdadero pánico. Porque se me había olvidado comentarte que la tendera, aparte de un vozarrón digno de un ogro, poseía el bigote más importante de Montefaro.

Juana salió corriendo, tan corriendo, que casi le da un pisotón a Cucho, adormilado junto a la entrada.

Al principio de este cuento te había comentado que Juana se distingue, aparte de por su pinta estrafalaria, por su gran corazón, siempre dispuesto a echar una mano a quien lo necesita.

Miró a Cucho y sintió remordimientos. Pensó que el perro se iba a llevar unos palos que en justicia les correspondían a Matías y a ella.

—¡Quieto, Cucho, te voy a soltar la cadena! Es lo único que puedo hacer por ti…

Juana se reunió con sus amigos. Caminaron en silencio. Antes de separarse, Matías propuso reunir los ahorros de los tres y llevárselos al vagabundo de Padornelo.

—Que aprendan los grovios cómo somos los de Montefaro.

—Sí, los más buenos —dijo Juana.

—Y los más valientes —añadió Barbarita—, porque como nos pillen en su pueblo
después de haberles chafado su guarida...

La niña tenía razón. Iba a ser toda una
aventura, pero, como siempre explica Chus,
«hay que hacer el bien sin mirar a quien».

¡Chus!

A Juana se le pusieron los pelos todavía
más de punta de pensar en su madre.

—¡No hice los deberes! ¡Me la voy a car-
gar! ¡Adiós, chicos! ¡Hasta mañana!

Y se la cargó.

Casi se queda sin cenar por hacer un trabajo pendiente de naturales. Y, encima, tuvo
que escuchar de su madre las frases de cos-
tumbre:

—¡Hija, eres un desastre! ¡Una calamidad! ¡Siempre dejas los deberes para lo último! ¡Como mañana no te lo sepas, te pongo un cero...!

Como siempre, antes de acostarse, Juana abrió su cuaderno y puso todo su corazón en las líneas que escribió para su padre:

«Papi:

No sirvo para nada, todo me sale mal. Hoy he perdido a cuatro amigos, he dejado de ser grovia, han apaleado a un perro por mi culpa, me he ganado un insuficiente para mañana, y me voy a quedar sin ahorros, por ayudar a un señor que no conozco. ¿Será verdad que soy una "calamidad" como dice mamá?

Tu gorra va a tener que esperar todavía. Ven pronto, papuchi. Te quiero.»

Juana se quedó dormida sobre el cuaderno. Fue Chus quien la tuvo que acostar. Cuando fue a apagar la lamparilla, vio el cuaderno de su hija abierto. Leyó lo que había escrito ese día y sonrió. Tomó el lápiz e, imitando la letra de su marido, escribió:

«Juana:

Aunque tu madre te riña, lo hace por tu bien. Ella también te quiere mucho. Y no eres un desastre: eres una niña normal, como todas las de tu edad.

Un beso muy fuerte y que duermas bien.»

Y como firma dibujó la pipa apagada del marino ausente.